L. Calmoleone

Der Rufer im Streite

Drama in drei Akten

L. Calmoleone

Der Rufer im Streite
Drama in drei Akten

ISBN/EAN: 9783743352735

Hergestellt in Europa, USA, Kanada, Australien, Japan

Cover: Foto ©Andreas Hilbeck / pixelio.de

Manufactured and distributed by brebook publishing software (www.brebook.com)

L. Calmoleone

Der Rufer im Streite

Rufer im Streite.

Drama in drei Acten

von

L. Calmolcone.

Triest,
Verlag von F. H. Schimpff.
1895.

Buchdruckerei des österr. Lloyd.

Der Rufer im Streite.

Personen.

Dr. Nordern, Schriftsteller.
Karoline, dessen Frau
Frau Silvia *) Mirink.
Doctor Häckel, Arzt.
Franz, Kutscher bei Nordern.
Brigitta, dessen Frau.
Marie, eine Zeitungsverkäuferin.
Frau Ern, Schwester Nordern's
Lisi, Bonne bei Nordern.

Ort der Handlung: Eine südliche Landeshauptstadt Österreichs.
Zeit: Die Gegenwart.

Den Bühnen gegenüber als Manuscript gedruckt. Alle Rechte, auch jenes der Übersetzung in fremde Sprachen, vorbehalten.

Das Aufführungsrecht für Österreich-Ungarn ist durch Adv. Dr. O. F. Eirich, Wien, zu erwerben.

*) Bei dem Namen Silvia ist dessen italienische Schreibweise beibehalten.

Erster Act.

Erste Scene.

Geschmackvoll und reich eingerichtetes Studirzimmer im Hause des Schriftstellers Dr. Nordern. — **Doctor Nordern,** seine **Frau,** mit einer Handarbeit beschäftigt, seine Schwester **Frau Ern** in Besuchstoilette.

Frau Ern.

Noch eine Neuigkeit habe ich Euch mitzutheilen, die ich beinahe vergessen hätte. Meine Freundin Silvia Leonardi, recte Frau Mirink, ist nach dreijähriger Ehe zum Besuch ihrer Mutter hierher zurückgekehrt. (Zu Nordern, schelmisch) Du erinnerst Dich doch noch an sie?

Dr. Nordern.

Aber mache doch keine überflüssigen Scherze! — Ist sie allein oder mit ihrem Manne hier?

Frau Ern.

Allein, und wenn Du hübsch brav bist, so verschaffe ich Dir und uns das Vergnügen, Euch wieder einmal vierhändig mit einander spielen zu hören, oder richtiger gesagt, ich habe es Dir schon verschafft, denn ich habe sie für heute zum Nachmittagsthee in meine Villa eingeladen.

Frau Nordern (ärgerlich).

Oder am richtigsten gesagt, bist Du eigens zu dem Zwecke hergekommen, Fritz zu diesem Ereignis einzuladen.

Frau Ern.

Ich habe nicht nur Fritz, sondern Euch Beide eingeladen und steht es natürlich bei Euch, von meiner Einladung Gebrauch zu machen. Ich hatte nur die Absicht, mir das gewiß harmlose Vergnügen Eures Besuches und ihres Zusammenspieles zu verschaffen; wenn Du nicht willst, liebe Schwägerin, muß ich freilich verzichten. Also bitte, ganz nach Belieben, und jetzt adieu Fritz, adieu meine Liebe.

Dr. Nordern.

Warum hast Du's denn auf einmal so eilig? Du bist doch nicht etwa böse auf Karoline?

Frau Nordern (entschieden).

Ich wüßte durchaus nicht, Deiner Schwester Anlaß dazu gegeben zu haben!

Frau Ern (lachend zu Nordern).

Siehst Du, daß ich eilig bin? (Rasch ab.)

(Nachdem Frau Ern die Thüre hinter sich geschlossen)
Frau Nordern (aufstampfend).

Wie impertinent!

Dr. Nordern.

Du thust ihr Unrecht, wenn Du etwas Übles dahinter vermuthest, daß sie mir als zärtlich liebende Schwester eine geistige Anregung verschaffen will.

Frau Nordern.

Als ob mir nicht bekannt wäre, daß Deine Schwester mir es nie verziehen hat, daß Du mich zur Frau nahmst, statt eben diese „geistige Anregung" seitens ihrer Freundin zu einer ewigen zu gestalten. — Ich möchte übrigens wirklich gerne wissen, warum Du sie nicht geheiratet hast?

Dr. Nordern.

Wie Dir bekannt, ist sie eine Italienerin und ihre unklare Herkunft, welche für mich einen Reiz mehr bildete, bestimmte meinen verehrten Vater auf seinem letzten Krankenbette, mir diese Verbindung zu widerrathen, obzwar er gegen Silvia Leonardi persönlich nicht das Geringste einzuwenden hatte.

Frau Nordern (ironisch).

Du hast ja meine Frage verzweifelt ernst genommen!

Dr. Nordern.

Es ist meine Gewohnheit, auf eine offene Frage eine offene Antwort zu geben, besonders wo es sich hier um längst abgethane Dinge handelt. (Nach einer Pause) Und nun, was hast Du beschlossen, gehen wir oder gehen wir nicht?

Frau Nordern.

Du weißt doch, lieber Fritz, dass ich um diese Stunde nicht frei bin, da ich das Kind auf seinem Nachmittagsspaziergange der Bonne nicht allein anvertraue.

Dr. Nordern (ärgerlich).

Das Kind, immer das Kind, hast Du denn gar keine andern Interessen?

Frau Nordern.

Keine, welche der Pflicht gegen mein Kind vorangehen. Übrigens verlange ich ja nicht von Dir, daß Du auch zu Hause bleibst.

Dr. Nordern (herzlich).

Wirklich, das ist schön von Dir. Du bleibst eben mein liebes, gutes, meine Künstlernatur verstehendes Frauchen. Ich danke Dir und bitte, verzeihe meine harten Worte von vorhin. Wer ist zufriedener als ich, daß Du eine so unübertrefflich zärtliche Mutter bist?

Frau Nordern.

Und doch ist es nicht das erstemal, daß Du mir die Zärtlichkeit meiner Mutterliebe beinahe zum Vorwurf gemacht hast.

Dr. Nordern.

Vielleicht ist etwas Eifersucht dabei im Spiele. Ich war vom Elternhause aus als einziger Sohn so verwöhnt, mich lieben zu lassen; ich war so gewöhnt, daß man mir seine Liebe für mich zeigte. Und Du zeigst mir Deine Liebe nicht genug; wenn Du dagegen mit dem Kinde beisammen bist, aus jedem Deiner Blicke, Deiner Worte, Deiner

Bewegungen zuckt die Liebe zu ihm empor; selbst Jemandem, der euch das erstemal beisammen sieht, wird es nicht einfallen zu fragen: „Liebt diese Mutter ihr Kind wirklich?" Hingegen zwischen uns, warum drängt sich mir immer die Frage auf die Lippen: „liebst Du mich wirklich?" Warum habe ich das Gefühl, daß wir Jahre und Jahre lang mit einander leben, Freud' und Leid mit einander werden getheilt haben können und diese Frage mir doch ein ungelöstes Räthsel geblieben sein wird, dem Du mir mit keiner Antwort auf den Grund helfen kannst? Warum sehne ich ein Ereigniß herbei, welches mir Dein Inneres blitzartig erleuchten würde?

Frau Nordern (herb).

Warum? Weil Du mir vom Anfang unserer Ehe an dasselbe Räthsel Deinerseits aufgegeben hast; aber heute fürchte ich der Lösung desselben sehr nahe gekommen zu sein: hättest Du Silvia Leonardi geheiratet, ihr hättet einander nicht einmal erst zu fragen gebraucht!

Dr. Nordern.

Ich beschwöre Dich, Du thust mir Unrecht, wer denkt noch daran?

Kindermädchen

(vom Nebenzimmer rufend).

Gnädige Frau! gnädige Frau! die Kleine ist aufgewacht!

Frau Nordern.

Mein süßes Kind, wenn ich Dich nur habe. Ich komme, ich komme! (Ab ins Nebenzimmer.)

Dr. Nordern (allein).

Soll ich geh'n, soll ich nicht geh'n? (Geht längere Zeit im Zimmer auf und ab, in Gedanken versunken, zuletzt) W i e werd' ich sie wiederfinden?

(Geht rasch ab. Nach kurzer Pause kommt Frau Nordern zum Ausgehen angezogen wieder ins Studirzimmer zurück, hinter ihr die Bonne, ein einjähriges Mädchen im Arme.)

Frau Nordern.

Lisi, sagen Sie dem Kutscher im Heruntergehen, er möchte, bevor er mit dem Herrn wegfährt, das Zimmer desselben in Ordnung bringen.

Bonne.

Ganz wohl, gnädige Frau.

(Beide ab, kurz darauf erscheint Franz und beginnt den Schreibtisch in Ordnung zu bringen; seine Frau steckt vorsichtig den Kopf herein und tritt dann ein.)

Brigitta (schüchtern).

Du, Franz, ich hab Dich nur bitten wollen, die zwei Ältesten brauchen wieder Schuhe.

Franz.

Schon wieder Geld, hast Du denn keins übrig?

Brigitta.

Du weißt doch, dass ich mit meinem Wäscherlohne mit Mühe die Wirtschaft bestreiten kann. Aber wenn Dich das Geld verdrießt, könnten unsere ja barfuß laufen, wie die andern Kinder unseres Standes.

Franz.

Unseres Standes? Seinen Stand bestimmt sich jeder selber. Da hast Du Geld. (Gibt es ihr; nach einer Pause) Was willst Du noch?

Brigitta.

Du, Franz, sei nicht bös', ich hab' Dir nur sagen wollen, dass sich der Herr gestern Abend wieder geärgert hat, weil Du um 10 Uhr noch ins Wirtshaus giengst.

Franz (wild).

Zum Teufel, ist man nicht einmal Nachts mehr sein eigener Herr! Nicht genug, dass man tagsüber jeden Moment zu seinen Diensten sein muss, wie ein Sclave —

Brigitta.

Aber, lieber Franz, früher warst Du doch so gerne abends mit uns beisammen. Erst seitdem Du Deine Freunde gefunden hast, diese Socialdemokraten —

Franz.

Laß mich aus, ich bin kein Socialdemokrat. Bevor die mit ihrem Studiren 'was ändern werden, können wir Alle krepirt sein. Ja, wenn sich's ums Dreinschlagen handeln würde! Aber wenigstens bin ich unter meinen Freunden mein eigener Herr, und sich über seine miserablen Verhältnisse so recht von der Leber weg ausschimpfen zu können, das freut den Menschen auch.

Brigitta.

Aber wir sind ja gar nicht in miserablen Verhältnissen. Andere haben es viel ärger als wir, — danken wir Gott, daß er uns unser Auskommen gegeben hat.

Franz.

Laß diese Phrasen, Niemand hat uns noch 'was gegeben, sondern ich selbst gebe mir das Auskommen und Du, indem wir uns von früh bis spät in fremden Diensten rackern. Schau, Alte, wie ich bei den Soldaten war, da hatten wir doch auch Plage genug, aber wenn ich Sonntags, ein fescher Kerl, wie ich war, in meiner Uniform gieng und die Mädels sich ein Vergnügen aus mir machten, da fragte ich, was kostet die Welt?! — Und jetzt? — Im Geschirr, wie mein Gaul, habe ich immerfort an demselben Strang zu ziehen, und weißt Du, was mir fehlt, Alte? Mir fehlt der Sonntag, mein alter, fröhlicher, f r e i e r Sonntag!

(Der Zwischenvorhang fällt.)

Zweite Scene.

Vor der Villa der Frau Ern. Rechts ein Zeitungskiosk, in welchem Marie dem Zuschauer erst später sichtbar wird. Es tritt **Doctor Nordern** auf, hinter ihm **Franz** mit dessen Überzieher über dem Arme.

Dr. Nordern.

Also in zwei Stunden, sagte der Schmied, wird der Wagenreif wieder reparirt sein?

Franz.

Ja, gnädiger Herr.

Nordern.

Hole mich demnach in zwei Stunden mit dem Wagen hier bei der Villa ab. Verstanden?

Franz.

Ganz wol, gnädiger Herr. (Übergiebt ihm den Überzieher, Nordern ab in die Villa.)

Franz (allein, sich reckend).

Gott sei Dank, wieder einmal zwei Stunden Freiheit. Und was für ein schöner Tag heute ist. (Bemerkt den Zeitungskiosk mit der Verkäuferin, die er fixirt. — Für sich) Was für ein wunderschönes Mädchen! Da kann man ja ins Kühle kommen und sich wieder einmal von Herzen unterhalten. (Tritt zu dem Schalter.) Guten Tag, meine Liebe, möchten Sie mir 'mal eine Zeitung verkaufen und mir erlauben, dass ich sie im Kühlen neben Ihnen lese?

Marie (widerwillig).

Ich kann's Ihnen ja nicht verwehren.

Franz
(der sich in den Kiosk neben Marie gesetzt hat).

Sie müssen sich hier wol sehr langweilen den ganzen Tag über?

Marie.

Langweile hat noch keinem jungen Mädel geschadet, aber Unterhaltung ja.

Franz.

Ich glaub' schon, dass es Ihnen bei Ihrer Figur nicht an Leuten fehlt, die gerne für Ihre Unterhaltung sorgen möchten und dass Sie misstrauisch gegen die jungen Leut' geworden sind. Aber bei mir, so einem gesetzten Menschen, ist das ja unnötig.

Marie

(freundlicher werdend, lächelnd).

Ah, Sie sind ein gesetzter Mensch, das hab' ich aber wirklich nicht bemerkt.

Franz (heiter).

Wirklich nicht? Sehen Sie, das freut mich. So gar so alt bin ich ja gar nicht, eigentlich noch jung, in den ersten Dreißigern, aber — —

Marie.

Seh'n Sie, ich bin wieder auch nicht so jung, nächste Woche werd' ich zweiundzwanzig.

Franz.

Wollen Sie damit sagen, liebe — ? (Blickt sie fragend an.)

Marie

(mit gesenkten Augen).

— Marie — zu Hause aber nennen sie mich immer Mimi.

*

Franz.

Also liebe Mimi, — daß wir gut zusammenpassen (leise, traurig) würden? (Ergreift ihre Hand.)

Marie.

Wie soll ich denn das wissen, wir haben einander ja heute zum erstenmal gesehen.

Franz.

Das ist wahr, aber manchmal genügt ein Augenblick, um einander lieb zu gewinnen, und ein Blick aus Ihren Augen hat bei mir genügt.

Marie.

Jetzt werd' ich Ihnen erzählen, wie es mir mit Ihnen ergangen ist, aber Sie dürfen mich nicht auslachen. Sehen Sie, wie Sie da vorhin auf mich zugekommen sind, da hab' ich dummes Mädel Angst gehabt. Ich muß nämlich jeden Morgen so bald aufsteh'n, um rechtzeitig hier herauszukommen und da hab ich vor dem Aufwachen oft so dumme Träume und heut' bin ich ganz verstört aufgekommen, weil ich von einem Manne geträumt hab', der war so groß wie Sie und hat mich so finster angeschaut — ich weiß nicht mehr, wie's weitergegangen ist, aber den ganzen Tag hat's mir nicht aus dem Kopf' wollen.

Franz (finster).

So habe ich Ihnen Angst gemacht? Ich kann ja wieder gehen.

Marie (lebhaft).

Nein, nein, ich habe Ihnen ja gesagt, dass ich ein dummes Mädel bin und tagsüber viele Stunden so allein. Mich hat's ja doppelt gefreut, wie Sie dann so freundlich zu mir gesprochen haben, (schelmisch) und jetzt hab' ich schon gar keine Angst mehr vor Ihnen.

Franz.

Liebe Mimi, ich bin Ihnen ja so gut. Wenn Ihnen Jemand ein Leid's anthun wollte, der hätt' es mit mir zu thun. Den ganzen Tag möchte ich dableiben und auf Sie Acht geben — und Sie anschaun.

Marie.

Wir armen Mädel möchten schon manchmal Jemanden brauchen, der auf uns Acht giebt. Es kommen den ganzen Tag so viele Leute her, die uns schön thun und von denen man weiß, dass sie nur ihren Zeitvertreib mit uns haben möchten. Und die reichen Herren, das sind die Ärgsten.

Franz (wild).

Ja, die reichen Herren, die u n s das Blut aussaugen und sich mit e u ch vergnügen möchten. Wenn mir nur Einer von ihnen zwischen die Fäuste geriethe, der die Hand nach Ihnen auszustrecken wagt, ich möchte ihn zerquetschen.

Marie.

Aber jetzt sind Sie wieder so wild. Meinetwegen brauchen Sie keine Angst zu haben, (lachend) ich hab' immer Alle, die mit mir spielen wollten, zum Teufel geschickt.

Franz (leidenschaftlich).

Und mich schicken Sie nicht weg? Mir glauben Sie, daß ich Sie von Herzen gern habe?

Marie.

Ja, ich glaub', Sie haben mich wirklich lieb.

Franz.

Süße Mimi! Und haben Sie gar keine Angst mehr vor mir? (Ergreift feurig ihre Hände, sie blickt ihm lächelnd ins Auge. — Aus der Villa ertönen, vierhändig auf dem Klavier gespielt, Schubert's Variationen über die Melodie „Der Tod und das Mädchen". — Franz und Marie horchen auf; nach einer Pause sagt)

Franz.

Das ist mein Herr, der spielt mit einer fremden Dame Piano; sehen Sie sie da durch's Fenster? Ja, spielen kann er, das muß man ihm lassen, wenn er auch sonst streng und unleidlich genug ist. (Horchen wieder, nach einer Pause).

Marie.

Wissen Sie, ich glaub', die Zwei müssen einander aber recht von Herzen gern haben, daß sie so schön mit einander spielen.

Franz (frappirt).

Sie können wol recht haben; was Ihr Frauen gleich alles herauskriegt (Horchen wieder längere Zeit.)

Marie.

Ich verstehe zwar nichts von Musik, aber diese da ist doch zu schön. Es klingt, als ob uns Jemand greifen und festhalten würde, daß man entfliehen möchte, und dabei ist es einem doch zu süß!

Franz (jubelnd).

Ist es Dir auch so süß zu Mute? Juchhe, heute ist wieder Sonntag!

Marie.

Heute ist ja aber gar nicht Sonntag!

Franz.

Macht nichts, mein Mädel, heute ist doch Sonntag! (Das Klavierspiel hört auf, indem das Stück beendet ist.) Und jetzt, die Musik hat aufgehört, mein Herr wird gleich herauskommen, ich muſs gehen. (Innig) Auf Wiedersehen!
(Umarmt sie, trotz ihres Sträubens und eilt davon, die gekaufte Zeitung mit sich nehmend. — Marie zieht sich zurück.)
(In einer Aussichtslaube der Villa erscheint Frau Ern mit Frau Mirink, hinter ihnen Dr. Nordern — die beiden Letztern sichtlich erregt vom Spiele.)

Frau Ern.

Und jetzt, entschuldigt mich einen Augenblick, dafs ich den Thee anordnen gehe.
(Geht ab. Nordern und Frau Mirink sitzen einander gegenüber.)

Nordern

(sich zu ihr hinüberbeugend, sagt mit Bedeutung):

Nun, wie sind Sie mit unserem Zusammenspiele zufrieden, gnädige Frau; finden Sie auch, daſs die Jahre der Trennung spurlos an uns vorübergegangen sind?

Frau Mirink (leise, schwärmerisch).

Ich bin .... zufrieden.

Nordern.

Silvia! (Ergreift ihre Hand, der Vorhang fällt rasch.)

Ende des ersten Actes.

Zweiten Act.

Erste Scene.

(14 Tage später.)

Studirzimmer des Dr. Nordern. — **Doctor Nordern**, seine Frau und der alte Hausarzt Dr. **Häckel**, aus dem Kinderzimmer tretend.

Frau Nordern.

Also wir können wirklich g a n z beruhigt sein, lieber Herr Doctor?

Dr. Häckel.

Aber vollkommen, meine Gnädige. Ich habe gestern an die Möglichkeit gedacht, dass die Kleine Masern bekommen könnte, was ja auch nichts Bedenkliches gewesen wäre. Nunmehr sind jedoch auch alle Symptome hievon geschwunden und wenn sie die Kleine der Vorsicht halber heute noch im

Bette lassen, versichere ich, daß sie morgen wieder ganz lustig und heil herumspringen wird.

Frau Nordern.

Ich danke Ihnen von Herzen für Ihre Beruhigung; wenn Sie erlauben, werde ich Sie jetzt meinem Manne überlassen, da ich die Kleine keinen Moment allein lassen will.

Dr. Häckel.

Bitte sehr, liebe Frau Doctor, lassen Sie sich nicht stören. (Frau Nordern, dem Doctor die Hand schüttelnd, ab.)

Sie könnten sich glücklich schätzen, lieber Nordern, eine so exemplarische Frau und Mutter Ihr Eigen zu nennen.

Dr. Nordern.

Das thue ich auch.

Dr. Häckel.

So? hm, hm.

Dr. Nordern.

Was wollen Sie damit sagen? Sprechen Sie vielleicht im Namen meiner Frau?

Dr. Häckel.

Nennen Sie's, wie Sie's wollen: im Namen Ihrer Frau, im Namen meiner alten Freundschaft für Ihr Haus, im Namen Ihres besseren Selbst. Sie sind ein so heller Denker: sind Sie sich darüber klar geworden, welchen Eindruck Ihre häufigen Besuche bei Frau Mirink, — die, nebstbei gesagt, meine volle Hochachtung hat — auf diese, auf Ihre Frau und auf Sie selbst machen müssen?

Dr. Nordern.

Ich nehme keinen Anstand, Ihnen eine Frage offen zu beantworten, welche nur Sie stellen durften. Aber verstehen Sie wol: nicht zum Abgesandten meiner Frau will ich sprechen, sondern zum alten Freunde, dem man ohne Heuchelei und Conventionalismus seine innersten Gedanken bloßlegt, als ob man zu sich selbst spräche.

Dr. Häckel.

Zählen Sie auf meine Verschwiegenheit als Freund und — als Arzt.

(Beide setzen sich auf die der Kinderzimmerthüre entgegengesetzte Seite. Nach einer Pause des Nachdenkens sagt)

Dr. Nordern.

Seitdem die Ehe nicht mehr allgemein auf dem un= erschütterlichen Felsen der katholischen Unauflösbarkeit aufgebaut ist, welche zwar die Untreue nicht verhinderte, aber deren theoretische Discussion unnütz erscheinen ließ, sind wir mit einer Flut von Ehebruchsdramen und -Geschichten gesegnet, bei welchen es stets auf die von einem geistreichen Schriftsteller formulirte Frage herauskommt: „Hat die verheiratete Frau noch das Recht zu lieben?" Mir scheint diese Frage überflüssig, weil die Natur durch die physiologische Function des Weibes und demzufolge die einfachste Sittlichkeit jedes Weib nur einem Manne zuweist.

Dr. Häckel.

Ganz einverstanden.

Dr. Nordern.

Anders aber ist die Sache beim Manne, und für ihn bejahe ich die obige Frage; ihm drückt die Natur durch seine Verheiratung keinen Stempel auf; unverändert läßt sie in ihm die stets ungesättigte Sehnsucht nach der Schönheit, nach dem Ideale, welcher er die schönsten Momente seines Lebens verdankt; und hat diese aufgehört — einerlei ob durch die Wirkung der Jahre oder frühzeitig versunken im Meere der Sorgen und des Philisterthums: dann weiß der Mann, daß seine Jugend auf immer verschwunden ist. Was aber für den Mann gilt, gilt in unendlich verstärktem Maße für den Künstler; ein verständnisvoller Philosoph hat jedes Kunstwerk als eine Liebeswerbung bezeichnet: damit ist alles gesagt. Nun wol: ich will meine Jugend nicht vorzeitig begraben, ich will nicht im Philisterthum versinken, weil ich verheiratet bin, ich will meine geliebte Kunst voll in mir ausleben lassen. Und nun Doctor, heilen Sie mich, wenn Sie können!

Dr. Häckel.

Zuerst ein Einwand, den Sie mir selbst an die Hand gegeben haben. Ohne dass wir Beide im geringsten auf den vorliegenden Fall anspielen wollten, haben Sie der verheirateten Frau „das Recht, zu lieben" abgesprochen?

Dr. Nordern (betroffen).

Das ist allerdings wahr.

Dr. Häckel.

Da aber das Object der Liebe eines verheirateten Mannes nur eine verheiratete Frau — (ironisch lächelnd) die eigene natürlich ausgeschlossen — oder ein junges Mädchen sein kann, da Sie die erstere verurtheilen und Ihnen letzteres, wenn es die Liebeswerbung eines verheirateten Mannes erwidert, auch keine besondere Hochachtung einflößen wird, so sehen Sie dadurch die Objecte der Liebe eines verheirateten Mannes wesentlich beeinträchtigt, wenn auch das Subject angeblich unverändert bleibt. Das jedoch nur nebenbei.

Sie haben mich aufgefordert, Sie zu heilen. Stünden wir auf dem Boden des alten Christenthums, so würde ich einfach darauf hinweisen, daß die Ehe ein unverletzliches Sakrament ist; von u n s e r e m sittlichen Standpunkte aus aber sage ich Ihnen, daß mich Ihre kühnen Theorien nicht schrecken, denn ich bin überzeugt, daß Sie im Ernstfalle auf j e n e Stimme hören werden, welche wir von allen Satzungen unabhängigen Kinder der Welt Jeder tief im eigenen Busen tragen. Und wissen Sie, was mir dies zur Gewißheit macht? Ich hatte das Glück, Ihren seligen Vater dreißig Jahre zu kennen — und als einen Ehrenmann zu kennen.

(Nach einer ganz kurzen Pause tritt ein)

F r a n z.

Melde gehorsamst, daß der Wagen des Herrn Doctor vorgefahren ist.

Dr. H ä c k e l.

Wollen Sie mich begleiten, lieber Doctor? Ich fahre gegen die Hauptstraße.

Dr. N o r d e r n.

Mit Vergnügen, ich bin Ihnen ohnehin noch eine Antwort schuldig geblieben.

(Nordern und Häckel ab; Franz geht zum Fenster, um sie wegfahren zu sehen.)

Brigitta

(steckt den Kopf herein, dann eintretend).

Lieber Franz, der Herr ist mit dem Herrn Doctor weggefahren, Du bist ein bischen frei. Möchtest Du nicht zu uns herunter kommen?

Franz

(ungeduldig, aufgeregt).

Nein, ich hab' einen dringenden Weg zu machen. — (Ärgerlich) Wie Du wieder ausschaust! Hab' ich Dir nicht gesagt, dass ich Dich nicht so unordentlich angezogen sehen will?

Brigitta.

Sei nicht bös', ich hab' g'rad bei uns aufwaschen müssen. Aber hast Du wirklich nicht eine Minute Zeit für uns?

Franz.

Nein, ich hab' Dir schon gesagt, dass ich dringend weg= zugehen habe.

Brigitta.

Ich hab' so eine Angst; seit einiger Zeit seh' ich Dich immer weggehen und ich weiß nicht wohin.

Franz.

Willst Du mir vielleicht den Spion machen, oder soll ich Dir über die paar Minuten Rechenschaft geben, die mir die Herrschaft frei läßt?

Brigitta.

Werd' nicht heftig, so hab' ich's ja nicht gemeint. Aber weißt Du nicht, was heute für ein Tag ist? Dem Toni sein Namenstag ist heute!

Franz (weicher).

Toni's Namenstag ist heute? Daran hatte ich wirklich ganz vergessen. Na, da hast Du, gib' ihm einen Gulden, er soll sich etwas Hübsches dafür kaufen, was ihn freut, und bis ich von meinem Weg' zurück bin, komm' ich zu Euch herunter.

Brigitta (angstvoll).

Nein, mir ist's nicht ums Geschenk zu thun, ich möcht' nur, daß Du ein bischen mit dem Toni spielen kommst, so lieb, wie Du's triffst.

Franz (zusammenfahrend).

Mit dem Toni spielen? ich kann nicht, (sich verbessernd) ich hab' jetzt keine Zeit, ich hab' Dir schon gesagt.

Brigitta.

Franz, um Gotteswillen, was ist mit Dir vorgegangen? Ich hab' schon seit einiger Zeit bemerkt, daß Du gegen mich so verändert bist und ein Geheimnis gegen mich hast. Ich hab' Dir nichts gesagt, weil ich Dein gehorsames Weib bin und die Fügungen Gottes über mich in Geduld ertrage. Aber, Franz, (in Weinen ausbrechend) vergiß an unsere unschuldigen Kinder nicht.

Franz (bewegt).

Wein' nicht, Alte, Du sollst recht haben. Komm, gehen wir zum Toni.

Frau Nordern

(öffnet die Thür des Kinderzimmers und ruft ärgerlich, nicht böse).

Was habt Ihr denn mit einander? Ihr habt mir die Kleine aus dem besten Schlafe geweckt. (Zu Franz) Wenn Sie sich schon mit Ihrer Frau auseinandersetzen müssen, so machen Sie dies in Ihrer Wohnung ab!

(Geht wieder ins Kinderzimmer ab.)

Franz

(mit unterdrückter Wut).

Verfluchtes Brot des Dienstes, für das man sich heruntermachen lassen und kuschen muß, wie ein Hund. Aber ich hab' die Geschichte satt! —

Brigitta.

Sie meint's ja nicht so schlimm. Übrigens hab' ich mich auch gewundert, was heute in sie hineingefahren ist; sie ist ja sonst die Herzensgüte selbst, besonders gegen mich. Sie dachte wol, daß Du mich ausgezankt hättest und wollte mich in Schutz nehmen. Und dann — wer weiß, was sie für einen Kummer haben mag.

Franz

(mit wilder Lustigkeit).

Da kannst Du recht haben, Alte! Weißt Du, warum sie uns in unsere Wohnung geschickt hat, uns dort miteinander auseinanderzusetzen? Weil sie ihre Wohnung braucht, um sich mit dem Ihrigen auseinanderzusetzen.

Brigitta (ängstlich).

Du, wenn Dich die Gnädige hören würde, es kann uns den Dienst kosten.

Franz.

Soll es! Hab' ich Dir nicht gesagt, daß ich alles gründlich satt hab'. Und jetzt laß mich meiner Wege geh'n!
(Eilt rasch heraus, die Thüre ziemlich unsanft zuwerfend.)

*

Brigitta

(in Weinen ausbrechend).

Oh Gott! oh Gott! ich unglückliches Weib. Mir hat Eine meinen Franzl verhext! (Zu Frau Nordern, die vor ihrem Ausrufe unbemerkt eingetreten ist, sich ihr zu Füßen werfend) Oh, gnädige Frau!

(Frau Nordern beugt sich in tiefer Bewegung zu ihr nieder.)

(Der Zwischenvorhang fällt.)

Zweite Scene.

Der Kiosk (ohne Marie).

Franz (von links eilig auftretend).

Sie ist noch nicht da; ich bin zu zeitlich gekommen. Eine unüberwindliche Unruhe, ein jähes Angstgefühl treiben mich unstet umher. Ich kann meine Frau nicht mehr ansehen, nicht mehr mit meinen Kindern spielen in der Furcht, daß jeder Moment die Entdeckung bringen kann. Aber das ist es nicht allein, was mir die Kehle zusammenschnürt, mein Herz in wilden, unregelmäßigen Schlägen pochen, mich beim Erwachen einen eklen Geschmack auf der Zunge empfinden läßt. Es ist das Bewußtsein, daß ein Dunkel ohne Ausweg mich ringsumher umgiebt: schwarz und hoffnungslos liegt das Leben vor mir. Ja, ich habe eine Angst vor mir selbst und meiner Zukunft, einen Ekel vor meinem ganzen Leben.

Nur wenn ich in i h r e Nähe komme, habe ich alles vergessen; wenn ich s i e neben mir fühle, wenn sie mich so lieb anschaut, da strömt mir wieder das Glück durch den ganzen Körper. Nehmet mir s i e und das Leben wird mir zur ewigen Höllenqual. Nein, nein, ich kann nicht von ihr lassen!

Marie

(erscheint langsam von rechts, das Tuch vor den Augen).

Franz.

Mimi, da bist Du ja, aber was hast Du um Gotteswillen, Du weinst?

(Marie gibt keine Antwort, schluchzt heftig.)

Franz (wild).

Gewiß hat mich so ein Schuft, der auf unser Glück neidisch war, bei Dir angeschwärzt!

Marie (schluchzend).

Du bist ein Schuft, Du bist ein Schuft — oder ist es nicht wahr, daß Du Frau und Kinder hast?

Franz.

Ja, das ist wahr, aber —

Marie.

Du bist ein Schuft, Du bist ein Schuft.

Franz (auffahrend).

Du, das will ich nicht wieder hören, oder! — (sich besänf=
tigend): Höre mich ruhig an, ich werde Dir alles erklären,
aber ich bitte Dich, höre auf zu weinen.

Marie.

Zwei Wochen bist Du täglich zu mir herausgekommen,
mit süßen, listigen Reden hast Du Dich in mein Herz ein=
geschlichen, mir Liebe und Glückseligkeit versprochen — und
alles das war nur ein Scherz, den Du mit mir triebst,
ein Zeitvertreib, ein Betrug, und dann hast Du wol noch
über meine Leichtgläubigkeit gespottet. Wenn Du mich aber
für ein leichtes Mädchen hältst, so irrst Du Dich; wär' ich
es gewesen, mir hätt' es an reichen Herren nicht gefehlt,
welche mir dafür ihren Reichthum zu Füßen gelegt hätten. —
Aber ich bin arm und ehrlich geblieben und hab' von einem
braven Manne geträumt, den ich lieben könnte und der mich
wiederlieben würde und der mir Alles für Alles gäbe. Da
kamst Du, ich brachte Dir mein ganzes Herz entgegen —
und Du hast mich darum betrogen. Und jetzt (wild) gib mir
Rechenschaft!

Franz.

Meine süße Mimi, ich werde schwer an Dir gefehlt
haben, aber bei Gott, nicht aus Leichtsinn, nicht zum Scherz,

nicht zum Zeitvertreib; meine Liebe zu Dir ist mir das Heiligste auf der Welt, steht mir höher, als mein Leben. Und jetzt werd' ich Dir erklären, wie sie über mich gekommen ist. Sieh', ich war immer ein ehrgeiziger Mensch. Gelernt hab' ich nicht lang', aber meine acht Jahre saß ich immer als Erster auf der Schulbank. Auch bei den Soldaten — ich diente drei Jahre bei der Kavallerie — durfte kein Fleck auf meine Conduitenliste kommen und die Vorgesetzten haben mich als Muster aufgestellt; nur einmal mußt' ich ins Loch, weil mich ein Korporal aus purem Übermuth einen schlechten Kerl nannte, wofür ich ihn braun und blau schlug. Mit dem Stolze des braven Soldaten erfüllt, trat ich ins Civil und was konnt' ich da werden? Ein Kutscher, der in fremden Diensten ärmlich genug sein unbeachtetes Dasein fristete. Anfangs gieng's ganz gut: als ich aber in jungen Jahren heiratete — ein braves Weib, ich wär' ein Schurke, wenn ich's anders sagen würde, — da wußt' ich, daß ich das ganze Leben am selben Fleck' angekettet bleiben würde, daß ich nie vorwärts kommen könnte, daß ich keine Freuden mehr zu erwarten hätte, und mich überfiel ein Ekel vor meinem elenden, versorgten, freudlosen Leben. Damals lernt' ich ver=
stehen, warum sie das Jenseits erfunden haben, damit wir niederes Volk hier unten geduldig bleiben und uns aus=
nützen lassen!

Marie.

Führ' doch keine so lästerlichen Reden.

Franz.

Zuletzt hatte ich mich abends immer mit ein paar Freunden zusammengethan, die unzufrieden waren, so wie ich und immer darüber studirten, wie's besser werden müßte: aber das brachte mir keine Erleichterung. Siehst Du, da hab' ich Dich gesehen und Du warst gleich so lieb zu mir armen Kerl, daß mir seit Jahren wieder einmal das Herz aufgegangen ist. Mir ist's vorgekommen, als wär' ich wieder jung und frei und glücklich geworden, ich hab' wieder eine Freud' von der Welt gehabt. Die vierzehn Tage bin ich herumgegangen wie im Traume, und dabei hab' ich nur gespürt, wie Du immer lieber und herziger geworden bist und daß ich jeden Tropfen Herzblut's einzeln für Dich hergegeben hätte. Wie ein Kind fürchtete ich mich vor dem Erwachen, ich glaubte es nicht zu überleben, ich hatte nicht den Mut, mich aus meinem Himmel zur Erde herabzustürzen: Dich betrügen wollte ich nicht, Gott ist mein Zeuge! Nein, ich weiß, daß ich schlecht gegen mein Weib gehandelt habe, niederträchtig schlecht gegen meine armen Kinder, daß ich verdien', von der Welt zurückgestoßen zu werden, wie ein Schuft; aber der einzige Platz, der mir übrig bleibt, ist in Deinen Armen, denn aus Liebe zu Dir habe ich gefehlt, aus wahnwitziger, übermenschlicher, sündhafter Liebe. Und jetzt, Mimi, hast Du mich noch immer lieb?

Marie.

Lieb, lieb, mein armer Franz.
   (Bleiben weinend längere Zeit umschlossen.)

Marie.

Und was soll jetzt aus uns werden?

Franz.

Ja, was soll jetzt aus uns werden?

Marie.

Armer Franz, wie wirst Du die Trennung ertragen?

Franz (außer sich).

Trennung, ich Dich lassen — nie, niemals! Du bist mein Glück, mein Leben, mein Alles. Aus dem Himmel soll ich wieder zurück in die Nacht, wo kein Stern mir leuchtet?

Marie.

Und die Treue, die Du Deiner Frau vor dem Priester geschworen hast?

Franz (nachdenklich).

Was, Priester, wenn nur die armen Kleinen nicht wären. Aber wenn ich mit Dir zusammenbleibe und nicht zurückkehre zu Weib und Kind, so hat der Korporal recht gehabt, daß ich ein schlechter Kerl gewesen bin und das überleb' ich nicht, (nachdenkend, mit Nachdruck, langsam) das ü...ber...leb' ich nicht. (Geht einige mal rasch auf und ab; dann entschlossen vor Marie stehen bleibend) Mimi, hast Du Mut?

Marie.

Ich glaube mit Dir zusammen — ja.

Franz (feierlich).

Auch mit mir zusammen zu sterben?
(Marie tritt schaudernd zurück, Franz fährt rasch fort)
Siehst Du, das Schicksal hat mich zum armen Teufel bestimmt, der sein Lebenlang ohne Freud' und Rast seinem Stück trockenen Brodes nachjagen muß und Dich zu einem armen Mädel, für das auch nicht viel Rosen blüh'n. Bieten wir diesem elenden Schicksal Trotz; werfen wir ihm vor die Füße, was es uns gegeben hat, unser niedriges Leben mit seinen Sorgen und Gewissensbissen; und wenn wir vereint zum Sterben schreiten, die ganze Welt hinter uns zurückgelassen haben werden, wenn wir im letzten Kusse, in der

letzten glühenden Umarmung mit einander versinken — siehst Du, das wird unser Paradies, das wird unser Jenseits sein!

Marie

(sich ihm in die Arme werfend).

Mache mit mir, was Du willst, ich kann ohne Dich nicht leben!

(Der Zwischenvorhang fällt.)

(Rasche Verwandlung.)

Dritte Scene.

Salon in der Villa der Frau Ern. — **Frau Mirink**, dann eintretend **Dr. Nordern**.

Frau Mirink.

Sie sehen mich in Verwirrung. Frau Ern hatte mich für heute eingeladen, doch als ich kam, theilte man mir mit, daß sie soeben mit ihrem Kinde das Haus in größter Eile verlassen hätte, weil das Kind eines ihrer Bediensteten an Diphtheritis erkrankte und sie die Ansteckungsgefahr für ihr eigenes fürchtete. Ich wollte ihre Rückkehr abwarten, um ihr das Haus meiner Mutter zum Aufenthalte anzubieten.

Dr. Nordern.

So wären wir nach langer Zeit wieder einmal ungestört allein?

Frau Mirink (leise).

Das ist es eben, was ich fürchtete.

Dr. Nordern.

Erinnern Sie sich daran, als wir zum letztenmale allein waren? Lassen Sie mich das süße Bild heraufbeschwören, das seitdem so oft meiner Erinnerung vorgeschwebt hat. Es war zu Pfingsten — vor vier Jahren. Sie und meine Schwester hatten einen Morgenausflug nach der Marienburg verabredet und mir gestattet, Ihr Ritter zu sein; damit ich dieser Pflicht würdiger nachkäme, begleitete ich Ihren Wagen zu Pferde, und wie stolz fühlte ich mich, hoch zu Rosse an Ihrer Seite traben zu dürfen. Auf der einsamen Burg angelangt, nahmen wir ein köstliches, von überschäumender Jugendlust, von verhaltener Leidenschaft gewürztes Mahl ein. Unter der Nachwirkung desselben schlummerte meine Schwester, die ohnehin eine nachsichtige Garde gewesen war, ein. Wir waren allein und giengen in den nahen Wald. Erfüllt, wie ich damals von meinen poetischen Plänen war, strömten dieselben beredt von meinen Lippen. Sie hatten eine Kunst zuzuhören, durch einen Blick, eine verständnißvolle Bemerkung das mir selbst Verworrene klar zu machen, meinen etwas kühlen Verstand mit den Strahlen des Gefühles zu umkleiden, daß mir die unauslöschliche Vorstellung geblieben ist, ich hätte damals mit meiner Muse selbst Rücksprache gepflogen. — Bald darauf erschien mein erstes größeres Werk: was daran inspirirt, echt, gefühlt war, verdanke ich Ihnen.

Frau Mirink (mit leichter Ironie).

Und warum haben Sie von meiner Kunst zuzuhören nicht in persönlicher Angelegenheit Gebrauch gemacht?

Dr. Nordern.

Oh, lassen Sie diese Frage, die sich in mir selbst tausendmal emporgerungen hat; könnte ich Ihnen selbe doch weder befriedigend beantworten, noch durch die Beantwortung etwas am Geschehenen ändern. Lassen wir die unabänderliche Vergangenheit ruhen, um uns die kostbare Gegenwart nicht wieder entschlüpfen zu lassen. Lassen Sie mich ihn auskosten, diesen Moment, wo ich Ihnen zurufen kann, was meine Gedanken, mein Gefühl, meine Kunst beherrscht, diesen Moment, wo ich meine ewige Bürde zu Ihren Füßen ruhen lassen kann: die Sehnsucht, die marternde und doch so süße Sehnsucht nach Dir, Silvia! (Sinkt zu ihren Füßen.)

Frau Mirink

(beugt sich zu ihm hernieder, zärtlich).

So liegst Du denn endlich zu meinen Füßen, Fritz. Hätte ich Dich weniger geliebt, ich würde diesen Augenblick als Triumph genießen und das Geständnis Deiner Sehnsuchts= qualen meine grausame Rache sein lassen. Aber nichts von alledem fühle ich, nur Mitleid, Mitleid mit Dir, Mitleid mit mir — und mit unserer Liebe. (Fritz hält seinen Kopf in ihrem Schoße begraben, sie drückt die Hand auf sein Haupt; nach einer Pause sagt sie ernst) Und jetzt, nachdem wir uns wie zwei Kinder mit einander ausgeweint haben, sei ein Mann, Fritz, stehe auf!

Dr. Nordern
(flehend, will sie umarmen).

Einen Kuß, Silvia, einen einzigen, glühenden, berau= schenden Kuß!

Frau Mirink
(tritt, ihn zurückstoßend, rasch zurück).

Nein, nicht weiter. Wir haben zwei Wochen über in der Illusion gelebt, drei Jahre unseres Lebens ausstreichen zu können, ausstreichen zu können die Namen von Wesen, die uns doch theuer sind, vergessen zu können, mit wie festen Fäden uns seither jeden einzeln die Wirklichkeit umsponnen hat. Heute, wo wir allein waren, jedes äußere Hindernis zwischen uns gefallen war, haben wir empfunden, daß weiter hinaus kein Weg für uns geht. Habe ich recht, Fritz?

Dr. Nordern.

Du hast recht, Silvia. Es war eine Täuschung, den Liebestraum unserer Jugend jetzt weiterzuleben, zu Ende leben zu wollen. Die Schwärmerei, die Poesie, das Glück der jungen Liebe können wir nur empfinden, wenn wir frei, ohne Hintergedanken, ohne Schuld unsere ganze Persönlichkeit einsetzen können. Die Ehe verändert den Mann im Innersten, daß sie ihn einer i d e a l e n Liebe unfähig macht: seine Liebe führt nur zu Sünde und — Schmutz. Ich danke Dir, Silvia: für uns geht kein Weg weiter.

Frau Mirink.

Verzweifle deswegen nicht, Fritz; wir werden einander doch unverloren sein. Wie wir armen Ungläubigen uns Jeder ein anderes Surrogat für das ewige Wiedersehen erfinden, so sage ich mir auch in unserem Falle: Deine Person gehört Deiner Familie, Dein Bestes aber, Dein Schaffen, das gehört nicht Deiner Familie, sondern der ganzen Welt: und so werden Strahlen Deines Geistes auch zu mir dringen, die Du Deine Muse genannt hast — und mögen es leuch=
tende, die Welt e r w ä r m e n d e Strahlen sein! — und sie werden mir sagen: „Du hast Theil an ihm".

(Reichen einander tief bewegt die Hände. Man hört eine Thüre gehen.)

Dr. N o r d e r n (ruft).

Meine Schwester kommt.

(Beide setzen sich rasch, entfernt von einander, an den Tisch, Jeder ein Album vornehmend.)

Frau Ern (eintretend).

Habe ich Euch lange warten lassen? Nun, Ihr werdet es mir schon verzeihen. Ich habe mit meinem Kinde in größter

Eile flüchten müssen, weil hier im Hause ein Diphtheritisfall zum Ausbruch gekommen ist; — (ihre Verlegenheit bemerkend) aber was habt Ihr denn, Ihr blickt Beide so ernst und scheint so aufgeregt; (lächelnd) habt Ihr vielleicht mit einander gezankt?

Frau Mirink.

Durchaus nicht, ich habe Dich nur hier erwartet, um Dir für Deinen Kleinen die Wohnung meiner Mutter zur Verfügung zu stellen. Sie würde sich sehr mit ihm freuen und hat umsomehr Platz, als ich heute Abend nach Hause reise.

Dr. Nordern
(blickt schmerzlich betroffen auf).

Frau Ern.

Wie, so plötzlich willst Du uns verlassen? Es ist doch etwas zwischen Euch vorgefallen.

Frau Mirink (mit Nachdruck).

Nichts, das wir zu verheimlichen hätten.

Frau Ern (ernst werdend).

Davon war ich überzeugt und will auch nicht länger in Dich bringen, den Grund Deiner Abreise zu errathen; vielleicht ist es besser so. Ihr wißt, Ihr Beide wart die

Ideale, zu denen ich stets emporgeblickt habe. Laßt mich offen sprechen: mein größter Wunsch wäre es gewesen, Euch vereinigt zu sehen; da mir dessen Erfüllung nicht vergönnt war, so freut es mich, daß kein Flecken den Glanz meines Gestirns getrübt hat. So nehmt denn Abschied von einander!

Dr. Nordern
(Frau Mirink innig die Hand küssend).

Leben Sie wol, gnädige Frau, leben Sie wol für immer!

(Stürzt rasch heraus, um seine Bewegung zu verbergen.)

(Der Zwischenvorhang fällt.)

*

Vierte Scene.

Eine Landstraße in der Nähe der Stadt. Gegen vier Uhr morgens, Vollmond. Im Hintergrunde eine Wiese, vorn eine Bank, auf welcher Franz und Marie sitzen, einander umschlungen haltend.

Franz.

So bist Du mein, mein, mein, mein süßes Mädchen! Mein ist Dein Leib, den ich umschlungen halte, mein das Blut, das Dir gegen die Schläfen pocht und Dein Gesicht mit holder Röte übergießt!

Marie.

Ja, ich bin Dein und wir sind allein auf der Welt und nur der liebe Mond blickt freundlich auf uns hernieder.

Franz.

Wie es mich gegen Dich drängte, vom ersten Augenblick an, als ich Dich sah!

Marie.

Auch mich zu Dir. Weißt Du noch, wie ich Dir sagte, daß mich eine Furcht überfiel, als ich Dich auf mich zukommen sah? Das war gewiß deshalb, weil ich im Innern spürte, daß Du eine unwiderstehliche Gewalt auf mich ausüben würdest, daß ich Dir zu Willen sein müßte, was immer Du von mir haben wolltest. Weißt Du, wie ich erfuhr, daß, daß (stockt), — da glaubte ich vor Weinen vergehen zu müssen, aber wärst Du zehnmal nicht frei gewesen, ich wäre Dir doch gefolgt.

Franz.

Mein theures Mädchen!

Marie (flehend).

Aber nicht wahr, gerade weil Du weißt, daß Du alles mit mir machen kannst, kann ich ruhig bei Dir sein, wirst Du mir nichts Böses anthun?

Franz

(sie freilassend, zurückfahrend).

Wie meinst Du das, was willst Du damit sagen? Du weißt doch —

Marie

(angstvoll, mit gefalteten Händen).

Ich bitte Dich, sprich nicht weiter. Ich weiß, was wir einander versprochen haben; ich konnte Dir ja nichts verweigern; aber jetzt, wo ich mein Wort einlösen soll, jetzt hab' ich (stockend) Angst, (dann rasch) ja, Angst, furchtbare, entsetzliche Angst vor dem Sterben. Schau, h e u t e, wo wir so glücklich waren, wo wir miteinander ein doppeltes Leben lebten, wo die Welt so wunderschön ist, muß es denn h e u t e sein?

Franz (finster).

Ja, es muß heute sein, wenn ich nicht morgen ein Schurke sein soll, ein Schurke gegen Dich und — die Andern.

Marie (flehend).

Mach Dir keine Sorgen m e i n e t w e g e n; Du hast mir das größte Glück gegeben, was ich je erfahren konnte und ich würde mein ganzes Leben daran zehren. Franz — und wenn Du morgen zu Deiner Frau und zu Deinen Kindern zurückkehrtest und mich in Schmach zurückließest, Du bliebest ein braver Mann und ich würde Dein Andenken segnen und Dir aus der Ferne ewig treu bleiben.

Franz (finster).

So läßt Dich Dein bischen Todesangst die Liebe zu mir vergessen? Hätte ich das früher gewußt —

Marie.

Du thust mir bitteres Unrecht: so werde ich Dir alles erklären. Ja, ich habe Angst, furchtbare Angst vor dem Tode. Aber, weißt Du, wer Schuld daran ist? Du!

Ich?

Franz (erstaunt).

Marie.

Du, ja Du, denn Du hast mir nicht nur meine Ehre, sondern auch meinen Glauben geraubt. Könnte ich noch, wie vorher, glauben, daß ich vor dem lieben Gott zu erscheinen habe, daß ich vor ihm rechtfertigen müsse, was ich für Dich gethan habe: ich würde mich nicht fürchten. Und hätte er mich dazu verurtheilt, mit Dir zusammen in der Hölle leben zu müssen: ich hätte mich nicht gefürchtet. Aber zu denken, daß alles für uns vorbei sein soll, daß Du und ich, die wir uns noch so feurig umschlossen hielten, auf einmal kalt und starr daliegen sollen, auf Nimmerwiedersehen — diesen Gedanken ertrag' ich nicht, das macht mich wahnsinnig vor Angst!

Franz (wild).

Und weißt Du, wer mir meinen Glauben geraubt hat? Mein Herr und seinesgleichen, die satte Bourgeoisie, wie meine Freunde sie genannt haben. Sie haben uns unsern Kinderglauben genommen, in dem wir zufrieden waren und glaubten, es könne nicht anders sein; sie haben uns mit der Bildung und Aufklärung beglückt, mit der wir nichts anzufangen wissen und die uns nur unglücklich macht; sie haben die Phrase von der Gleichheit und Brüderlichkeit aller Menschen erfunden; aber wenn wir uns zu dem Tische setzen wollten, zu dem sie uns geladen haben, da waren alle Plätze besetzt und wir mußten hinter ihnen stehen bleiben und sie bedienen. Aber ich will nicht mehr zurück in dieses Sclavenleben, und indem ich es von mir werfe, rufe ich Euch fluchend zu: wir werden Euch zermalmen und an Euere Stelle treten!

Marie.

Und Du fluchst ihnen, weil sie Euch dazu die Waffen in die Hand gegeben haben? Wehe Euch, die Ihr den Genuß ohne Arbeit sucht!

Franz (außer sich).

Du wagst es, gegen mich Partei zu ergreifen?! Du, fang' Dir mit mir nichts an!

Marie.

So schlag' mich doch gleich, anstatt so mit mir zu schreien!

Franz (bedauernd).

Verzeih' mir meine Heftigkeit, Du Süße, ich bin so aufgeregt. — (Einschmeichelnd) Aber ist es nicht wahr, daß nächst dem Genusse die Ruhe das Süßeste auf der Welt ist? Ist der Gedanke denn so furchtbar, ist er denn nicht schön, daß ein leichter Druck genügt, um die Ruhe der Befriedigung, die sich auf uns herabgesenkt hat, zu einer ewigen zu machen, uns für immer zu erlösen von aller Qual und Pein? Sieh, wenn Du Dich fürchtest, ich werde Dir alles ersparen, ich werde selbst — (zieht den Revolver aus der Tasche).

Marie

(in höchster Todesangst).

Nein, nein, die Waffe weg, ich will leben! Jedes Wort, das ich gesagt habe, daß ich mit Dir sterben will, ziehe ich zurück. Ich fühle nichts anderes mehr, als die Angst, die Du mir gleich anfangs eingeflößt hast. Wäre ich nur meiner Ahnung gefolgt!

Franz (wüthend).

Nur das hat noch gefehlt! Du bedauerst es also, Dich mit mir eingelassen zu haben. Es wäre Dir wol am liebsten, wenn ich mich allein tödten würde, damit Du die Posse mit einem Andern von vorne beginnen kannst!

Marie.

Franz, Du bist wahnsinnig. Ich fürchte mich so entsetzlich, (schreit) Hilfe, zu Hilfe!

Franz

(mit dem Revolver auf sie eindringend, sucht ihr Schreien zu verhindern).

Nein, es soll nicht wie eine Posse enden und Du sollst keinem Andern mehr angehören. Du hast gewußt, mit wem Du es zu thun hast! Du hast gewußt, daß ich Weib und Kinder verrathe, wenn ich mit Dir gehe; aus freien Stücken hast Du geschworen, mit mir zu sterben. Du bist meine Mitschuldige, ich will nicht allein zur Hölle fahren!

(Schießt erst sie, dann sich nieder.)

Marie (schreiend).

Mörder, verruchter Mörder!

(Man sieht von beiden Seiten Leute im Nachtanzuge herbeieilen. Franz ist umgesunken, Marie wankt einer Frau entgegen, um sich hinter ihr zu verbergen.)

(Der Vorhang fällt.)

Ende des zweiten Actes.

Dritter Act.

Am nächsten Morgen, zeitlich früh. Im Flur des Hauses des Doctor Nordern. Auf einer Seite die Stiege, auf der andern die Eingangsthüre zur Wohnung des Kutschers. Doctor Nordern und seine Frau kommen rasch die Treppe herunter, Doctor Häckel eilt ihnen vom Hauseingange her verstört entgegen.

Dr. Nordern.

Wir haben Sie so verstört herbeieilen gesehen, dass wir Ihnen erschreckt entgegen giengen; was ist denn vorgefallen?

Dr. Häckel (ironisch).

Erschrecken Sie nicht, es ist nichts, was Sie betrifft. Aber ich komme von einer Scene — trotzdem ich als alter Arzt schon viel Qualen und Jammer mitangesehen habe, — so hat mich noch nichts im Innersten erschüttert. (Trocknet sich den Schweiß von der Stirne.) Doch ich muss zur Thatsache kommen: der traurige Held des Dramas ist Ihr Kutscher Franz.

Frau Nordern.

Franz, um Gotteswillen, seine ahnungslose Frau!

Dr. Häckel.

Es muß ein wilder, fanatischer Geselle gewesen sein. Er hatte sich seit kurzer Zeit in ein junges, schönes Mädchen verliebt, welches Zeitungsverkäuferin in jenem Kiosk war, der bei der Villa Ihrer Frau Schwester gelegen ist (wirft Doctor Nordern einen bedeutungsvollen Blick zu). Von der Hoffnungslosigkeit seiner Liebe überwältigt und von den unklaren Ideen unserer Zeit erfüllt, überredete Franz das arme Mädel dazu, mit ihm zusammen aus der Welt zu gehen. Nachdem sie die Nacht zusammen verbracht hatten, giengen sie an die Ausführung des schrecklichen Planes; Franz hatte zwei Revolver mitgebracht. Aber im entscheidenden Momente — das arme Mädchen war von ihrem Rausche entnüchtert und der Selbsterhaltungstrieb und die Reue über das Geschehene mögen den Bann gebrochen haben, unter dem er sie seinem Willen unterjocht hatte — sank ihr der Mut und mit Entsetzen wies sie die Mordwaffe weit von sich. Da geschah das Schreckliche: im nächsten Augenblicke krachten zwei Schüsse — Franz war zum Mörder geworden und wälzte sich neben seinem Opfer im Blute. Im Nu war die Straße von Leuten erfüllt, welche die Schüsse herbeigelockt hatten. Franz starb bald darauf, ohne ein Wort weiter hervorzubringen, indem er einen kleinen Jungen krampfhaft an sich gepreßt hielt, der ihn wol an sein Kind erinnert hatte. Das Mädchen aber — man hatte mich herbeigerufen, doch sah ich gleich, daß keine Hilfe mehr möglich war, weil die Kugel die rechte Lunge durchbohrt hatte — geberdete sich wie rasend im furchtbarsten Todeskampfe: „Mörder! feiger, elender Mörder!" rief sie unaufhörlich, den verfluchend, dem sie kurz vorher in sündhafter Liebe ergeben, der ihr das Theuerste auf der Welt gewesen war, dazwischen in Bruchstücken ihr tragisches Geschick erzählend. Als der Priester herbeigekommen war, starrte sie ihn mit dem entsetzten Blicke des Verständnisses an, daß alles für sie vorbei sei und verlor das Bewußtsein; kurz darauf ist sie verschieden. — Was die Beiden als höchstes Glück erträumt hatten, das gemeinsame Sterben, das ist ihnen zur grausamsten Strafe, zur höchsten Sühne geworden!

(Dr. Häckel lüftet den Hut, alle stehen erschüttert; nach einer Pause)

Dr. Häckel.

Die Leiche des Mannes habe ich langsam hieherbringen lassen: sie muß jeden Augenblick hier eintreffen. Es ist nötig, seine bedauernswerte Frau sofort vorzubereiten.

Frau Nordern.

Überlassen Sie das mir, Doctor.

Dr. Häckel

(ihr bewegt die Hand schüttelnd).

Ich danke Ihnen, gnädige Frau.

(Frau Nordern klopft an die Thüre zur Wohnung des Kutschers und geht, nachdem ihr geöffnet wurde, hinein.)

Dr. Häckel (ernst).

Und nun, Herr Doctor, was sagen Sie zu den Früchten, welche Ihre Theorie über die Freiheit des Mannes in der Ehe gezeitigt hat?

Dr. Nordern.

Erschüttert von dieser Katastrophe schwöre ich Ihnen, daß ich frei von aller Schuld geblieben bin: Frau Mirink ist bereits gestern zu ihrem Manne zurückgereist.

Dr. Häckel (bitter).

So ist es seit jeher gewesen. Die Ideen und Lebensprincipien, mit welchen wir Gebildeten in geistiger Freiheit spielen, die uns ein Problem neben hundert andern sind, sie werden, ins Volk hinausgetragen, den Bedrängten furchtbarer Ernst, der Fetisch, der Leitstern, dem sie blind folgen, um aus ihrem Dunkel emporzukommen. Und was sich hier bezüglich des Familienlebens erschütternd abgespielt hat, dasselbe wiederholt sich auf allen Gebieten, so wie auch in der großen Revolution das französische Volk nur jene Ideen zum furchtbaren Ausdrucke gebracht hat, welche die vornehme Gesellschaft großgehätschelt hatte.

Dr. Nordern.

Was wollen Sie damit sagen?

Dr. Häckel.

Auch wir leben in einer gleicherweise gährenden Zeit. Ein Theil des Volkes hat den geistigen Kampf, welchen Wissenschaft und Liberalismus gegen die Principien des Mittelalters führen, in leidenschaftlicher Weise zu dem seinigen gemacht; wir haben das Volk aufgewühlt zum Drange nach dem Glück, das von dieser Welt ist; wir haben jenen Felsen erschüttert, auf welchem dessen sociales Leben und Zufriedenheit seit Jahrhunderten aufgebaut waren. Aber, während wir das individuelle Sittlichkeitsgefühl eingetauscht haben, das uns im entscheidenden Moment die überlieferte Moral ersetzt, sehen wir nicht die Schlechtesten aus dem Volke, ihres moralischen Haltes beraubt, jenem Abgrunde zueilen, in dem auch Ihr Diener Franz versunken ist.

Dr. Nordern (spöttisch).

Sie scheinen die reactionäre Mode mitzumachen, lieber Doctor.

Dr. Häckel.

Spotten Sie nicht, das gerade Gegentheil ist der Fall. (Mit besonderem Nachdruck:) Wol aber würde unsere Zeit dringend eines Mannes bedürfen, welcher wieder die positive, die einigende Formel für unser individuelles Sittlichkeitsgefühl finden und zugleich den Mut haben würde, sie laut in die Welt hinauszurufen; der die Gebildeten dadurch von ihrer lauen Spielerei mit den höchsten Fragen oder von ihrer Heuchelei bezüglich derselben heilen und in geordneten Scharen kampfbereit hinter sich sammeln würde; der unsere Übereinstimmung mit dem Volksbewußtsein wiederherstellen und dem Volke wieder eine sichere, klare, auf Wahrheit ruhende moralische Grundlage geben würde; dann wird es auch mit der „reactionären Mode" vorbei sein: er komme, er komme, der Rufer im Streite! (Kurze Pause.)

(Man hört vier dumpfe Schläge gegen das Hausthor.)

Dr. Häckel (bewegt).

Die Leiche naht.

(Er öffnet zusammen mit Dr. Nordern beide Flügel des Hausthores. Die einfache Tragbahre mit der Leiche des Kutschers wird langsam von zwei Männern hereingetragen und vor der Thüre seiner Wohnung niedergestellt. Alle entblößen das Haupt. An der Schwelle erscheint Brigitta, den Eingang mit ihrer Person versperrend, hinter ihr sieht man Frau Nordern.)

Brigitta

(in höchster Erregung).

Wer wagt es, ihn über diese Schwelle zu bringen? Hinweg mit ihm zu jener Dirne, um derentwillen er gestorben ist! Ich fluche ihm, der mich und seine Kinder verrathen und verlassen hat! ich verfluche den Augenblick, wo ich ihn zum erstenmal gesehen habe! ich verfluche die Stunden, wo ich ihm die Kinder mit Schmerzen zur Welt gebracht habe!

(Sinkt an der Bahre nieder, in Thränen ausbrechend.)

Und doch habe ich ihn so heiß geliebt. Ich war ihm ein treues Weib, unermüdlich habe ich für ihn gearbeitet, um ihm das Leben zu erleichtern.

(Sanfter) Auch er war gut gegen mich und die Kinder, bis seine Freunde die Unzufriedenheit in ihm gesät und ihm seinen Glauben geraubt haben: da ward er die Beute der Hölle. Weil ich in harter Arbeit für ihn frühzeitig verwelkt war, hat er sich an diese Larve gehängt und mich schmählich verlassen. (Wieder wild sich aufrichtend) Fluch über seine Leiche und schafft mir sie aus den Augen!

(Die Träger wollen die Bahre aufheben.)

Frau Nordern

(gibt ihnen ein Zeichen und ruft).

Nicht also! Nicht so sollst Du von dem Manne scheiden, der Dir das Theuerste auf der Welt war und welcher der Vater Deiner Kinder ist. Du sagst, Du warst ihm ein treues Weib: in diesem letzten Augenblicke mußt Du es beweisen. Sieh', er ist gestorben, belastet mit dem Fluche derjenigen, um derentwillen er aus dem Leben geschieden ist; sein brechendes Auge sah noch, wie sie sich mit Entsetzen von ihm abgewandt hatte; auch die Kirche stößt ihn zurück, weil er als Selbstmörder und als unbußfertiger Sünder von hinnen gegangen ist: von Gott und den Menschen ist er verlassen. Du aber, wenn Du ihn wahrhaft geliebt hast, Du bleibst sein treues Weib bis über das Grab hinaus, wenn er auch in schwerer Schuld von Dir gegangen ist. Als er mit seiner letzten Lebenskraft das Haupt jenes kleinen Kindes umklammerte, da mögen ihm Gedanken an Dich und seine Kinder durch den Kopf gegangen sein, die schwerer wiegen, als eine Absolution. Präge **Deinen** Kindern, welche auch die seinigen sind, nicht die unauslöschliche Erinnerung ein, daß Du mit einem Fluche von ihm geschieden bist. Vergieb ihm, im Namen nicht jener engherzigen, eifernden, dogmatischen Liebe, welche die **Zwillingsschwester des Hasses** ist, nein, im Namen der allumfassenden, duldsamen, viel verzeihenden, weil viel verstehenden Liebe!

(Brigitta sinkt, krampfhaft schluchzend, zu Füßen der Frau Nordern nieder und macht eine Geste, die Leiche in die Wohnung zu führen. Nachdem die Träger die Leiche hineingebracht haben, schließt sich die Thüre hinter ihnen und Brigitten.)

Dr. Nordern

(nähert sich tiefbewegt seiner Frau).

Mein geliebtes Weib, kannst Du mir verzeihen? Welch' einen Schatz habe ich in Dir verkannt!

(Sie öffnet ihm ihre Arme.)

(Der Vorhang fällt.)

Ende.